真っ黒な青空が広がっていた。

透明海岸から鳥の島まで

秋亜綺羅

目次

ドリーム・オン　8
ドリーム・オン　12
津波　14
原子力　26
観客席にいたのではなく　30
百年生きたらわかるだろう　32
小麦粉でつくったことば　36
猫うつしのキッス　38
手におえない奴　42
わたしの夢　44
あなたは　46

九十九行の嘘と一行の真実　50
あやつり人形　54
合いかぎ　60
山本山さんはむかしママゴトをした　64
馬鹿につける薬　70
み　76
四匹の黒犬が黙る　84
きのうも、そう思った。　86
透明海岸探査ゲーム　90
遠泳　100
あとがき　110

透明海岸から鳥の島まで

ドリーム・オン

ドリーム・オン、ドリーム・オン
あなたにはシッポがないのでシッポを切る
ドリーム・オン

ドリーム・オン、ドリーム・オン
あなたにはクチバシがないのでクチバシを切る
ドリーム・オン

ドリーム・オン、ドリーム・オン
あなたにはミズカキがないのでミズカキを切る
ドリーム・オン

ドリーム・オン、ドリーム・オン
あなたにはトサカがないのでトサカを切る
ドリーム・オン

ドリーム・オン、ドリーム・オン
あなたにはツバサがないのでツバサを切る
ドリーム・オン

ドリーム・オン、ドリーム・オン
鳥は足がなくても飛べるので足を切る
ドリーム・オン

ドリーム・オン、ドリーム・オン
あなたは手がなくても歩ける手を切る
ドリーム・オン

ドリーム・オン、ドリーム・オン
かたつむりは家を背負っていることに気がつかないツノを切る
ドリーム・オン

ドリーム・オン、ドリーム・オン
あなたには家がないので背骨を切る
ドリーム・オン

ドリーム・オン、ドリーム・オン
魚は意識がなくても泳げる意識を切る
ドリーム・オン

ドリーム・オン、ドリーム・オン
眠るのに肉体はいらないから肉体を切る
ドリーム・オン

ドリーム・オン、ドリーム・オン

明日に至る病いを抱えてドリーム・オン
ドリーム・オン、ドリーム・オン
ベッドに倒れて切符を切るドリーム・オン

ドリーム・オン、ドリーム・オン
借りなんて返さなくていいドリーム・オン

ドリーム・オン、ドリーム・オン
あなたには目はいらない目を切る
あなたには耳はいらない耳を切る
あなたには口はいらない口を切る

一年二年、ドリーム・オン
ひと昔ふた昔、ドリーム・オン
一秒二秒、ドリーム・オン
あしたあさって、ドリーム・オン

ドリーム・オン

　コンサートといえばクラシック音楽ばかりだった時代に、世界で初めてのジャズがホールで披露されたとき、観客はしらけてしまい、ブーイングが渦巻いたと思う。だが、この歴史的な時間と場所に立ち会ってしまったことに、ずっとあとになって、観客は気づくことになる。

　毎夜、眠り始めた瞬間に、目覚める夢を見る男がいる。朝起きて寝るまでの一日を、もう一度、そっくり夢に見てしまうのである。
　男はある日、死ぬだろう。二度くり返す人生の夢なんか、もう見なくていいんだよ。

毎朝、目覚めた瞬間に、昨晩の夢と同じことが始まる女がいる。夜じゅう見つづけた夢が、翌日、確実に実行されるのである。

女はある日、死んだ夢を見るだろう。夢からさめない方法を、だれに尋ねたらいいいだろう。

現実なのか、演劇の中なのか。男と女は出会う。あなたは観客であることを問われることになる。単独犯なのか、共犯なのか、立会人にすぎないのか。あなた自身が決めればいいことである。

この地球という劇場に観客論はない。泣きたくなれば、歌うしかないさ。男も、女も。あなた自身も。

気づいたときにはもう遅い。ずっとあとになってしかわからないことこそが、部屋の鏡の中であなたの帰りを待っている、日常という名のもう半分のあなたへの、おみやげなのである。

男も、女も、あなた自身の中にある。

津波

昨年の夏祭りで
恋人といっしょに買った
一匹の赤い金魚は
血の色を知らなかった

三月十一日、午後三時十一分
そのとき、わたしの家の金魚鉢には
海が近づいていた

金魚鉢に水平線が飛び込んで来た
そこには、水溶性の海岸があった

そのとき
赤い金魚をいっしょに買った
恋人は
金魚とも
わたしとも
いっしょにはいなかった

そのとき
水平線は赤いデニムをひき裂き
一匹の金魚を犯した

部屋の白い壁には
海の影が動いていた

そのとき、一匹の赤い
わたしの金魚は

海水魚になることを拒んだ

金魚は遠くなる意識のなかで知るのだった
血の色は海の色だったことを

すべての生物は、生物のふりをしていた
すべての時間は、時間になりすましていた
すべての風は、風のなかにひそんでいた
すべての水平と地平は、鳴り響く警告音とカクテルされた

ひとつぶの砂より小さな地球が
ここにはあった

ままごとをしていた子どもたちは
おとうさんになって、自分を探した
おかあさんになって遠くまで叫び、泣いた

子どもの役に戻ると
おとうさんとおかあさんに抱きついた

抱きつけない子は
孤児の役が始まった

すべては、始まったばかりだった

流されてしまった子は
家族も待っていない
海に帰っていくのだった

すべては、帰っていくしかなかった

ごはんだよと呼ばれて
ままごとをおしまいにして
手をひかれて

帰っていくのだった

潮が引くと
がれきでできた地平線が残った

太陽がいっぱい
太陽がいっぱい
太陽がいっぱい
太陽がいっぱい

主人公の犯罪者は
砂浜で囚われるべきだった

がれきたちは魂のツイッターで
つぶやくことしかできなかった

みんなといっしょ

でもひとり
ちがうけど同じだね
嫌いだけど好き
冷やし中華終わりました
スパイは、猫の死体と
未来である

かわるとわかる
わからないとかわらない

オモテのウラはウラ
ウラのウラはオモテだ
オモテのオモテはなんだろう

紅茶の香り、好きな音楽、絵画や写真。
の楽や写。香絵な音り紅、好真、画き茶
、真絵。楽の好、紅香や写画りき茶な音

鳥だ！　飛行機だ！　いや、

海に隠れるなんてずるい！
と、両親を流された少女は
かくれんぼうの、鬼になった

ここだよ
と、両親はすぐに少女の頬をなでて笑うのだった
いつものかくれんぼうだったなら

少女はかくれんぼうの
鬼のままである

そのとき
赤い金魚をいっしょに買った
恋人は
金魚とも
わたしとも
いっしょにはいなかった

わたしの誕生日のためにつくりかけた生クリームたっぷりのチョコレートケーキ、未遂
ひとごみの街のなかでたったふたりきりで話ができるツールってなんだろうねといって思
　いついた糸電話、未遂
あなたの両手でうしろから目隠しされたまま聞こえてくるプロンプターのささやき、未遂
怖がらなくてだいじょうぶ。映画はいつか終わるのだから、未遂
読者はきみひとりだよといって書いてくれたあなたの詩に、お返事として絵を描いている
　ところです。あなたにしか見ることができない絵です、未遂
どっちに行ったってきみに会えるよ。だって地球は丸いもの、未遂

そのとき、わたしの恋人は
人魚になろうとは思わなかった

恋人は死んだふりして
目をつむって、目をつむる
暗闇のなかで目をつむり
ちょっと笑ったふりして
目をつむった

目をつむれば
寒くもないし
おなかもすいていない
すこし暗いけれど
好きなひとの顔を
見ることができる

透き通るような死化粧がよく似合うよ

このまま舞踏会ができそうだね
みんな集まっているんだね

長い黒髪の匂いを追いかけた
わたしのこころは恋人の吐息のなかにある

いちばん愛しあった夜は
明けないでいてほしい

ひとつぶの砂より小さな地球が
ここにはあった

ふたりだけ取り残されることができたなら
割れてしまった金魚鉢に
もういちど赤い金魚を買おう

砂のない砂漠で

黙って手をつないでいよう
光のない都会で
おたがいの影を合わせよう
会いたいという名の孤独
会えないという名の約束

太陽がいっぱい
帰りたくないのでハサミで切った世界地図の日付変更線は
波にさらわれることなどないだろう

太陽がいっぱい
瞬きをすれば真似をする恋人の見つめるような瞬きは
波にさらわれることなどないだろう

太陽がいっぱい

沈む一瞬好きなひとを思い浮かべた恋人のくちびるは
波にさらわれることなどないだろう

太陽がいっぱい

わたしたちのアイ・ラヴ・ユーは
波にさらわれることなどないだろう

原子力

「コンピュータ文明」についての研究会があってわたしも呼ばれた。
そのあとパーティーがあって、
「コンピュータを欠かせない仕事をし、最先端のソフトで編集をしている、
詩人でもある秋亜綺羅さんに、コンピュータの未来を話していただきましょう」
とばかり、わたしに急に振られたわけだ。ビールもちょっと入っていたし、
あいさつなんて準備もしていなかったし、渡されたマイクをつき返して、
わたし自身、なにをしゃべりだすかわからないまま、
即興の詩のボクシングのつもりで、つぶやいてみた。

コンピュータなんてないほうがいいに決まっている
都会に建築物なんてないほうがいいに決まっている

伝達のためのことばなんてないほうがいいに決まっている
生きていくのに数字なんてないほうがいいに決まっている
楽譜と指揮棒に命令される音楽なんてないほうがいいに決まっている

ひとは生まれた瞬間、死にたくないとは思わなかった
ひとは生まれた瞬間、生きることがうれしいとは思わなかった
ひとは生まれた瞬間、裸であることを恥ずかしいとは思わなかった

抱きしめておっぱいをくれるお母さんを好きだと思いはじめたのはいつか
あしたがあるんだと思いはじめたのはいつか
好きなひとに死んでほしくないと思いはじめたのはいつか

文明に管理されたいなんてだれも思っていない
経済学に身を任せたいなんてだれも思っていない
時代が量子力学に塗れているなんてだれも思っていない

津波にだいじなひとや家を流されて

それでも、海を憎んでいるひとに会ったことがない
海とひととその物語は、千年に一度の震災ですら例外ではなく
海とひととその物語は、いとおしく、せつない

ひとは俳優でしかないのだろうか
地球は劇場でしかないのだろうか

劇場のなかの俳優には
シーベルトなんて、ベクレルなんてさわれない
台本として渡されたセシウムにも
ストロンチウムにも毒を感じない

だが、コンピュータですらできる政治
だが、コンピュータでしかあやつれない原子力

政治にも原子力にも
いとおしさと、せつなさが

これっぽちでもあっただろうか

と。

観客席にいたのではなく

まるで映画のようだ
と、だれもが言った
だがわたしたちは、映画を観ていたのではなく
スクリーンの中にいたのだ

震災があった夜
停電で暗闇の都会を
星々だけがさまよっていた
信号が点かない夜空
ガソリンをわずかにして
軌道はすでにはずれていた

震災があった夜
一匹の蝶が海面を舞っていた
流される一本の木につかまって
凍えるのを知りながら
カラフルな上着を一枚脱いで
少女は見えない船に助けを仰いだ

震災があった夜
ホタルが一匹揺れていた
ひとりだけ取り残され
家族が流された海を
屋上から見ていた
男が十年ぶりに吸ったタバコ

百年生きたらわかるだろう

世界の果ての水平線が、 窓から見わたせる町
おじいさんと猫が番をしている文房具屋さんに
世界でいちばん小さな地球儀がある

地球は必ず存在すると思うのだ

文房具屋さんでは一時間がすぎると
おじいさんと猫が、 一時間だけ歳をとっている
仕組まれた日常と
なにもしない演劇

時間というのは人生の距離のことである
人間の脳ずいは、人間の時間を探している

人間は俳優であるが
地球は劇場ではない

時計に内蔵される時間は台本であるが
時計を止めてしまっても生命の呼吸は止まらない

砂のない、砂漠さえ
光のない、都会さえ
ぼ、ろぼろの海図さえ、ドアを捜した

明るすぎれば、鍵穴さえも見つからない
ワイングラスを握りつぶせば
もう、帰れないかもしれない、ね

百年生きたらわかるだろう

目をつむって目をつむろう
風のなかに風を呼ぼう
ここが完全な暗闇ならば
ことばではなく、ことばではなく
しぐれる夢に、夢をつないで

文房具屋さんでは百年がすぎると
おじいさんと猫が、百年だけ歳をとっている

世界の果ての水平線が、窓から見わたせる町
おじいさんと猫が番をしている文房具屋さんに
世界でいちばん小さな地球儀がある

実はそれがほんものの地球なのだ

小麦粉でつくったことば

むかし
学生だったころの話さ
腹が減っているんだけれど
お金がなくてね
「食パン」ということばを
トースターに入れたんだ
チーンとなってね
ちょっとこげちゃったかな

バターをナイフにすこしとって
「食パン」ということばに塗った
ナイフはすこし錆びている

「食パン」ということばは
すこし笑ってくれた

「食パン」ということばは
すこしなぐさめてくれた
「食パン」ということばは
すこし手をにぎってくれた

腹が減っていた青春は
錆びついてしまっただろうか

猫うつしのキッス

金魚が、かごのなかの小鳥に話しかける。
うちのネコはね、
ネコが苦手でイヌが好き。

小鳥はこたえる。
尻切れトン。
尻切れトンボが尻もちついた。

金魚鉢から見える、鳥かごのなかの青空。
鳥かごから見える、金魚鉢のなかの水平線。

夏祭りで買われた金魚は、
冬には枯れてしまう。
いや。一年草ではない。

赤ちゃんが眠っているよこで、
小鳥は子守り歌に溺れる。
いや。タンポポの種子ではない。

時間はガラス越しにやってくる。
永遠は格子越しにやってくる。

金魚の夢は、潜水艦の乗員ではない。
小鳥の夢は、宇宙飛行士ではない。

わたしは飛ぶことしかできない、
と金魚はいう。

ぼくは泳ぐことしかできない、
と小鳥はいう。

瓜ふたつな嘘ふたつ。

想像力とは、
そんなものさ。

だれも見ていないよ、ね。
金魚と小鳥はキッスしている。

すべての生物は、
死ねないのではない。

手におえない奴

あんな奴、嫌いだ

手におえない奴、というけれど
その手は奴の手じゃない
あなたの手です

あなたの手は
その奴から
なにを手に入れたいのですか

憎しみでいっぱいというけれど

憎しみでいっぱいなのは、奴じゃない
あなたのこころです

はやく、あなたの鳥かごから
憎しみを放してあげよう

鳥かごから逃げた鳥は
戻ってくることはないさ

わたしの夢

わたしは、薄っぺらな手作りの詩集を、
街に立って、一冊一〇〇円で売って生活するのが夢ですね。
寒くなっても、眠くなってもいいように、ダンボールをいつも持って。
きょうは三冊売れたから、のり弁当が買えるね。

学生の頃、一日だけ街に立ったことがありました。
簡単なことなのに、いまなぜしないのだろう。と自分に問いかけています。
それはたぶん、わたしが野球のピッチャーだったとして、
打者にビーンボールを二球続けて投げる勇気がないのです。
一回の勇気より、二度つづける勇気のほうが、何十倍も必要だからです。

なにを、こわがっているのだろう。
自分の人生という名の打者に、
ビーンボールを投げつづけること。

あなたは

いま
飛ぶものと泳ぐものが
水平線に達している

水平線では
落下も逃亡も
許可されない

だが、水平線もまた
波立ってはいる

水平線の滑走路にもまた
季節と壁は立ちふさがっている

いま
去っていかないものは
貧しいが確実な予感ばかり

迷路には
かならず出口が用意されている
出口があるから
迷路なのである

季節と壁が逆説されれば
出口は崩れる
出口の意味も

いま

あらゆるやりかけの未踏査ゲームも

いま
記憶にも未来形がある

いまは
トンネル

夢では
未遂

わたしは気づこうとしているのだが
壁に失せようとしている
影よ
あなたは
わたしですね

九十九行の嘘と一行の真実

九十九行の心電図に異常はない
九十九行の嘘と一行の真実という名の詩はラブレターである
たぶん

毎日長いキスをして、唾液と唾液が絡まって、相手の血液に自分の唾液が入り込む。そんなことを繰り返していると、いつかふたりは、同じ日に死ねるんじゃないか、って思ったりする。

目を閉じると暗闇が出来るでしょ
その暗闇のなかで
目のなかの目を閉じるんです

ほら
暗闇のなかに
暗闇が見えるでしょ

暗闇って
かたちがあって
わりと明るい場所だよね

レモンスカッシュに溺れている紋黄蝶や
グラスには上半分の夕日と下半分の赤ワイン
金魚鉢のなかの水平線は波立っている

透明海岸の海では
水溶性の映画が上映されていて
遠近法が使用されることもなく
一行の真実はここにはなく

光る稲妻のようにやまびこが走っている
走っていない

やまびこというのは
新幹線ができる前からある盛岡ゆきの特急電車の名まえですよ

去ってゆく君の五月の七度めの休日日没《おわり》みちのくへの帰《岐》路
傷選ばず乗せては帰るやまびこの旅始まれば音沙汰未遂
旅烏《がらす》漂い着きし鳥の島立つ鳥あとをとりつく島なく
もはや逢えず一枚二枚アパートにて想い着物は三枚四枚
禁じられし淋し白地図住所録伝言板大学ノート
きのうまで船乗りだった君いま逝き棚の海図を風の落《音》として
たどり着く島さえあらずと無線打つ一本の風のたよりなき糸
呪うこと想い出すこと笑うこと腕立て伏せをきょうは九回

狼が来た
嘘だよ

あやつり人形

完璧な暗闇で目をつむると
水溶性の映画がやってくる
世界でいちばん明るい場所がそこにある

マッチを擦って煙草に火をつけた
瞬きすれば使い捨てガスライターの時代が使い捨てられる

わたしの国の天井では電球から蛍光灯へと吊るし換えられた
わたしたちの命題は夜を暗闇に葬ることなのか

地震が起きて電源が失われる

わたしたちのあやつられる足はそのとき言語を失調する

人生なんて人形芝居
ひとがあやつり人形にすぎないのならば

この足は思想が足かせ
こちらの足は装置が足かせ

疑惑をもみ消した信念など役に立たないのだ
人形たちが望むものは理論なんかじゃなく、 仕掛け

ユートピア理論の敵は、 自分のこころをユートピアにしてしまうことだ
人形たちのこころはじゅうぶんに貧しく。 傷口だらけ

せめてできるだけ底の薄い靴を履くこと。 地球を踏みつぶせる感じがして
そんな感じを履きたいとおもうのだ

自分の匂いがおもいきり染みるまで一着の服を着替えない
そんな日数を着たくなる

わたしは人形を背負った少女を背負っている
わたしは〈かたち〉と背中合わせ

少女はわたしにだけ唄う
あんたのこと好きじゃない
殺したいほど好きだけど
ほんとに殺すほど好きじゃない

少女はわたしにだけ囁く
ねえ、あたしのそばにいてよ
あんたのそばに、いてあげるから

一発の銃声は人生を変える
一度放たれた弾丸は世界のどこかに必ず当たるものなのだ

わたしの国では火のついた導火線の利用法を会議している
死んだふりした幽霊たちと、身を隠した透明人間たちと

誰かは走った
誰かは走らなかった

入り口が見つからなければそこはもう世界なのだ
出口がなければ〈出口はない〉と逆説する

インスタント食品〈最後の手段〉を買いにマーケットまで
詩も思想も笑いながら焼き捨てて

おそらく食事はおいしいとおもうのだ
いま飢えているところだし

一家団らんする

わたしと、逆説されたわたしと

わたしの人形と
逆説されたわたしの人形と

あやつられる時代と
逆説されたあやつられる時代と

合いかぎ

世界の果てのわたしの村に
かぎ屋さんがあたらしく出来たというので
記念に合いかぎをつくってもらった
記念にほんもののかぎを、捨てた

ほんものを捨てたということは
合いかぎはにせものなのだろうか
もうひとつのかぎ、なのだろうか

わたしは玄関に立ち
合いかぎのためのにせもののかぎ穴をみつける

合いかぎを合い穴に入れて
合いドアを開ける

わたしの帰りをずっと待っていた
もうひとりのあなたと会い
にせものの日常をする

にせものの玄関にもまた
合いかぎは吊るされるだろうか

ここまでわたしが履いてきた靴は
もうひとつの靴である

わたしが浮かべた笑顔は
にせものの笑顔である

ここまでわたしが掛けてきた遠近両用のめがねは
もうひとつのめがねである

急いで来たために濡れているわたしのTシャツは
にせものの汗である

あなたまでそっと近づいてきたわたしの呼吸は
もうひとつの呼吸である

わたしがこれからささやくはずの好きだよは
にせものの好きだよである

わたしが一日にいちどでいいから握りたいと思っているあなたの手は
もうひとつのあなたの手である

わたしがいままばたきしたのは
もうひとつのまばたきである

忘れてしまったたくさんのあなたへの
にせもののまばたきである

山本山さんはむかしママゴトをした

裏に住む山本山さんは、上から読んでも山本山、下から読んでも山本山、裏から読んでも山本山さん、というわけだ。

しんしん雪が、山本山さんの家の屋根で白い舌を出して、手紙を書いていた。

そんな寒い日には、暖炉《だんろ》のそばのネコに、家族みんなであたったものだ。

ネコはサンマに恋をしていて、魚も喉を通らないほどだった。

さて、お腹《なか》がすいた山本山さんは、テレビばかり齧っていた。

で、それでは仕事にならないので、仕事に出かけることにした。

山本山さんの仕事は、テレビのセールス。

人間は仕事がいちばん。仕事のためなら、好きなテレビもがまんする。

山本山さんの仕事は、テレビのセールス。

テレビを見るやつ、ばかなやつ。

テレビを売るやつ、働きもの。
鳥は鳥のように飛び、鳥のように眠る。
山本山さんは、テレビのセールスマンのように、人間だ。
セールスでまず重要なのは訪問である。
訪れるひとが多くなれば、当然だが、訪れられるひとも多くなる。
だからひとは増えるいっぽうで人口問題が問題になるのは時間の問題である。
人口問題を騒ぐひとが多くなりすぎると、人口問題に影響する。
時間銀行では、時間の利息を計算する時間もないほどだ。
銀行強盗は、時間を盗むのにもうすこし時間をかせぐ必要があった。
強盗が持っていた暗号から意味を消していくと、数字が残った。
意味のない暗号なんて、もう暗号の意味はない。
考古学では、こういったものは、詩と呼ぶしかない。
意味がないといえば、飲酒も、音楽も、睡眠もそうだ。
4がよっつ。
その、残された数字こそが、キーナンバーだった。
サイコロをふると、4ばかり出る日だった。
4月4日、4人の銀行強盗は正確に4時、舌を出して、時間泥棒に成功した。

そのとき、山本山さんの未来も盗まれた。

裏から読んでも、未来。

未来が盗まれると、過去も舌を出して、雪のようにとけていった。

過去はカコ、カコと鳴く。過去はカエルだった。

山本山さんの腕時計は家出をして、世界最先端の詩集《透明海岸から鳥の島まで》に登場した。

山本山さんのおじいさんの家の柱時計は、「最近の若いモンは、どうにもボーン、ボーン」となげいては、貧乏ゆすりするのだった。

過去も、未来も、腕時計さえも失った山本山さんの心に、風が吹いた。

風が吹いたのでオケ屋は吹き飛んだ。

結局、オケ屋は災害保険でもうかった。

風は、口笛を吹きながら考えた。ひとにはどうして人生なんてあるんだろうね。

出発するため？　到着するため？　それとも乗り換えるため？

そう唄いながら風はプラットホームを、あ、踊り抜けた。
風の吹かない日に日なたぼっこをするのは人間だけである。
ネコは風といっしょに日なたぼっこをする。
風とネコが手をつなぐとき、風は吹かないし、ネコはツメを立てない。
ネコがまばたきすれば季節が変わる。
人間みたいに人生を背負ったりしなくても、風は、昼も夜も口笛を吹く。
昼働いて夜眠ることのできるひとは、死んで幽霊になれるひとだ。
幽霊というのはほんとうは夜、眠っているものなのだ。
幽霊に会ったなどというのは、夜眠られないひとたちの、嘘に決まっている。
ぐっすり眠っている幽霊を見た、というのならばともかく。
では昼の幽霊はといったら、かくれんぼうして遊んでばかり。
鏡のなかにかくれんぼうしたオニは、鏡に映らない。
鏡は、現実を左右反対にしてしまうのに、逆立ちはニガテらしい。
現実を映しつづけるのだから、鏡にはヒマがない。
ヒマのない現実だから。
命をムダにしないということは若さを惜しまないことだ、とだれかが遺書した。
経験とはとても大切なことだ。おとなはむかし、こどもを経験した。

山本山さんはむかしママゴトをした。
山本山さんはテレビを売っている。
山本山さんはむかしママゴトをした。
山本山さんはテレビを売っている。
山本山さんはテレビを売っている。
山本山さんはむかしママゴトをした。
山本山さんはテレビを売っている。
山本山さんはテレビを売っている。
山本山さんはテレビを売っている。
書いているところを、ネコのスパイに見られたので、
この詩は破り捨てた。
山本山さんは裏返しても、山本山さんだ。

馬鹿につける薬

空気が読めない？
空気のどこに字が書いてあるんだよ
見えないぞ。空気は、見えないぞ
そんな馬鹿につける薬はこれである

わたしには、日本語なんてわからない
わたしはあなたを泣くしてる
そんな馬鹿につける薬はこれである

熱中症でなん人も死んだらしいけど
詩に熱中して死んだ人っていないの？

そんな馬鹿につける薬はこれである

ことばより大切でないものなんてない
そんな馬鹿につける薬はこれである

バファリンを半分飲んだら優しくなれますか?
優しくないほうの半分を飲んでしまったら?
そんな馬鹿につける薬はこれである

まぜるな危険をまぜよ
そんな馬鹿につける薬はこれである

番組の途中ですが、好きだよ
そんな馬鹿につける薬はこれである

緑のおばさん、邪魔しないでくれ
そんな馬鹿につける薬はこれである

なにが得意なの？
ウソ泣き！
そんな馬鹿につける薬はこれである

ほんものの花はにせものの造花だし
ほんものの造花はにせものの花だ
そんな馬鹿につける薬はこれである

これって、クリームコロッケの失敗作？
いいえ！　プリンのコロッケだよん
そんな馬鹿につける薬はこれである

無限と永遠の違いについて悩みもしない
そんな馬鹿につける薬はこれである

せんせい、あのね。

うそ、っていうのはね、うそ！
そんな馬鹿につける薬はこれである
わたしの住所は富士山頂百丁目百番地の一
そんな馬鹿につける薬はこれである

わたしの夢
捨てられてしまった可能性が
捨てられない
そんな馬鹿につける薬はこれである
婚活より豚カツ
そんな馬鹿につける薬はこれである

ストーカーって
スカートとストッキングがいっしょのやつでしょ？
そんな馬鹿につける薬はこれである

愛する人と愛人はちょっとちがうんだな
そんな馬鹿につける薬はこれである

ナイチンゲールとナイチンガールはちょっとちがう
アルゼンチンとアルチンボーイくらい、ちがうな
そんな馬鹿につける薬はこれである

かっぱ巻き、シソ巻き、かんぴょう巻き、納豆巻き、とぐろ巻き
そんな馬鹿につける薬はこれである

空想力飛行機よ！
そんな馬鹿につける薬はこれである

クソまじめ
クソはいいけど、まじめはまずい
そんな馬鹿につける薬はこれである

わたしをいますぐ死刑にしないと
あなたは世界でいちばん愛されてしまうだろう
そんな馬鹿につける薬はこれである

これっていうのは、ね
あれ！
そんな馬鹿につける薬はあれである

み

舞台裏でのひとり舞台は
迷い舞台のまるいちゃぶ台での初めての手淫
白い手と白い匂いを押し殺そうとしながら
明るい一九六二年五月二日、ぼくは思想した
じっちゃんとぼくとの安堵感とか
霊安室の縁側にしゃがんでいた逆説の共同観念とか
すべての生物は死ねない、のではない
じっちゃんの喉頭がんを生かしていたのは
ぼくの誕生と呼ばれるたぶん出会いだった
生まれた朝、ぼくは紫色のクレヨンでじっちゃんを描いた
死ぬのはたやすい、とはまだ言うまい

いちもくさんに花いちもんめ、風はうたう
風の粒子は粗くなってくる
花まぼろし、花うつろ、花しずく、花づくし
砂の上で死んだじっちゃんをかっこいいとおもう
それ以上の真実は詩では内緒だ

だけど先生が宿題を出した
あなたのおじいさんを犯すこと
そこでひと握りの言葉を捜していたことをぼくは告白した
紫色のクレヨンのくるおしさのなかで
お経にまみれていみじくも座っている
ぼくの存在が歴史を奪うわけじゃなし
瞬時の永遠でもない
じっちゃんがぼくを殺したフィルムと
ぼくがじっちゃんを殺したフィルムと
ふたつのフィルムを同時に映写していくと
確かめられるひとつの真実がある

別れの挨拶は
み
だったこと

それでぼくの詩は店じまいというわけだ
ふとぼくが手淫を覚えたとき
じっちゃんはふと
歴史を無視したのだった

ぼくは忘れない

あのときの砂をつめた紫色の壜に
ぼくはアリを一匹飼っている
じっちゃんが思い出されると
ひと握りの砂から一匹のアリがこぼれ落ちる
アリは落ちながらたぶん砂をかみしめている
アリはたぶん砂を吐きつづけている

み

あのときの言葉をつめた紫色の壜に
アリは砂をひとつぶ飼っている
じっちゃんが思い出されると
ひと握りの言葉から砂がひとつぶこぼれ落ちる
追いかけてくる砂をかみしめている
アリはそのとき砂よりも乾いた意志で
言葉を選びたい

み
というのはアリのお腹から出た虫である

フィルムとフィルムのすき間から
み
砂がひとつぶこぼれ落ちる

墓場をマイ・ホームにして
み
走りつづけているのは

いつまでもじっちゃんと
み
ぼくだけなのでうれしい

み
というのは命令形か？
どうだろう

ぼくとぼくの幽霊との通信法は、
ぼくとぼくの幽霊との通信法は。
お互いが人格論を持つことである、
お互いが人格論を持つことである。

ぼくとぼくの幽霊とのあいだの霊媒は、
ぼくとぼくの幽霊とのあいだの霊媒は。
完全な記録。と不完全な事実である、
完全な記録、と不完全な事実である。
断片的な言葉と連続的な思想である、
断片的な言葉と連続的な思想である。

み、
み。
み

明るい一九六二年五月二日
死者の行進が砂の上に幻視されたとき
じっちゃんには見えたことが悲しかったし
ぼくには慰めだった
じっちゃんは気が遠くなるような向こうがわで
失速していく時間の向こうがわで

なつかしい瞬時が切り刻まれつづける向こうがわで
ときどききみという
最近ではときどきみとうたう

四匹の黒犬が黙る

——ことばと文字の連想ゲーム

淋しいという文字は木がふたりで住んでいるのにどうして淋しいのか、なんてことじゃなくて、妹とふたりで海で溺れたときの淋しかったことを考えているのだ。ぼくは次の夏、ひとりで溺れて死ぬ気だったとき、弱い者だけが泳ぎの方法を知ればいいのだ、と思った。エイ、ホー。エイ、ホー。エイ、ホー。そういうわけでぼくは泳げるようになったけれど、過去にも未来にもいける泳法なんて未だ知らない。父島、母島、鳥の島……。犬のぼくは青空の鳥のように泳ぎつづけるのだが、この程度では、永遠までの遠泳は無理というものだ。あおい空を見上げる、あおい。あお……必殺マックオペレータは〈あ〉と〈お〉を打ち違えないこと。吠えたいくせに犬かきをして四匹の黒犬が黙る。尤も犬も大きくて太い丈夫なペニスは持ち合わせていないので、中山峠を越えるともうぼくは六回もセックスはできない。シックス・ナインなのだ。相手は猫でもいいから描いてみる。血で満たされた皿をかぶった河童でもよろしいが、ここは海でしかないので海豚を相手にしたほうが好ましい。相手は手相と書き換えてもこの場合、かまわない。ただし、自分の手相を忘れて相手の手相しか視なくなったタロちゃんという名まえの友だちは、オナニストでしかない。ぼくの初恋のすずめちゃんチロちゃんは舌を切られて死んだ。きみには、自白する自由がある。千口ちゃん。ところでぼくの友だちといったら、ひきこもり中の透明人間くんとか、死んだふりが好きな幽霊くんとか……。宇宙人のチカは千人力だ。ぼくは淋しいから、だれかと一緒に溺れたい。夕方の久方ぶりの雨ふり。鳥の鳴く鳥の島を過ぎ去っても、未来は未だ来ないまま過去となっていった。過去はカコ、カコ、と鳴く。実際、過去はカエルだった。ぴょんと日付変更線を一旦亘ると一日がやって来る。完璧な壁。ぼくは犬だから漢字を間違えてもだれもとがめてくれない。矛盾という名の武器。逆説法と呼ばれる逆立ち。愛という曖昧な味。アイ・マイ・ミー。雰囲気、零。ぼくの虱は風に飛ばされてトリップ。国家という家に囲まれたぼくはもう囚人ではないか。困ってしまう。原因は、緑の縁側がぼくの国家だという事実ではなく、ぼくが犬だったという真実らしい。ここはどこだ。ここはココア共和国。きょうはここらでココアにしよう。囚われたゴキブリさんたちがみんなで羽ばたけば、既成概念と《ごきぶりホ》して《イホイ!》の家は飛んでいくぞ。問題は、気づくか、傷つくか、だ。これはもうまるで詩だな。詩とは言葉の寺と書く。詩人は寺の坊さんなのだ。そのほかのだれも、ぼくの野たれる後ろ姿を監視してはいない。野たれる犬は、犬のことばでいうならば、自由である。あおあおあおあおあお。木、林、淋しい森、妹はいつまでもひとりで立っている。

きのうも、そう思った。

わたしのラジオからB・フォンティーヌの、
〈ラジオのように〉が流れている。
隔離病棟〈ふるさと〉ではそれが、
聞こえるか。
(あなたの鼓膜Aとわたしの鼓膜Bの二点を糸電話の糸で結ぶ)
長すぎる糸は脳髄に絡まり、
夢のなかで、
あなたと何度も日が暮れていった。
〈ラジオのように〉とラジオ、のように。

きのうも、そう思った。

たとえば、わたしの贅沢というのは、
わたしが歩いてきた土地一面にキャベツ畑をこしらえて、
キャベツから採れる青虫を主食にすることである。
こどもたちが遊びに来ても、
〈ほら、青虫のからだは透けている〉
などと冗談は言っていられない。

きのうも、そう思った。

（ダアレガホシイ）
（アノコガホシイ）
ふたりだけとり残されたいと、お願いしていいただけだった。
（アノコジャワカラン）

きのうも、そう思った。

寒くもないし、おなかもすいていない。
すこし暗いけれど、
好きなひとの顔を見ることができる。
さようなら。

きのうも、そう思った。

会いたいという名の孤独。
会えないという名の約束。
恋でもないのに、好きだよ。
きのうも、そう思った。

陽ざしのなかで、
レモンスカッシュに溶かしてしまいたいもの。
菜の花。
紋黄蝶。
ひよこの口笛。

きのうも、そう思った。

小さい愛は大きい愛より小さいだろうか。
きのうも、そう思った。

わたしが死ぬとき、ささやいてほしい。
もう、なにもないですよ。眠っていいですよ。

サイレント・フィルムの空回り。
魂の墓場はどこだろうか。
きのうも、そう思った。

映画はいつか終わるものだと思っていた。
きのうまでは。

透明海岸探査ゲーム

脳ずいから垂れ下がって来る影をどれだけ捨て切れるか、
陽の当たる透き間を双眼鏡で覗きながら、
そう、わたしは海岸へ向かっている。
まだ海を見たことのない子どもたちによって語りつがれている海岸のことだ。
テレビのスイッチに光を閉じ込めようとすれば、
わたしは人差指で何を差したいのか、
プライベイト演劇のための砂浜で、
アルバムの中でいちばん写りのいいとおもわれる自分自身の写真一枚と、
ワインと、
ワイングラスと、
住所録と、

書き込んでいない履歴書と、
白紙一枚、
ボールペン、
わたしは人差指で何を差したいか。
誰か、スパイに覗かれている、気がする。
家中でいちばん大きな時計を抱えて来たのだから、
着地できないだけなのだ。
一台のテレビカメラが海の玄関を捜してすべってゆく、
〈透明海岸〉という表札が浮かぶ。
伝言版――透明海岸、二時、待つ。
世界でいちばん大きな落書が書けそうだ。
口元にマイクが突き出された、
政治なんて興味ないよ、とわたしは答える。
一八一五年に、わたしはディーニュの司教ではなかった。
波の音が聞こえるかも知れない、
意識なんて信用している人間がいるものか、
海に土地はあるか、

飛べばわかる。
海水を壜に詰めようとすると、
〈ことば〉になってしまっている。
たとえば……
さ、よならの地平、
光のない都会、
夢の外の夢、
きのうまでの荒野、
ぼ、ろぼろの地図、
砂のない砂漠、
意味のない暗号。
自分自身の写真に語りかけながら、
履歴書を書きあげてゆく。
透明海岸では、
偶然の確率がいささか高いだけである。
透明海岸に打ち寄せる波は、
空虚な空気の波動とは区別されるべきである。

水平線でさえも波立っているのだが、
日差しの中で、
幼女がひとり、
正座している、
脱いでゆく、
匂う、
脱却する、
白いネグリジェが散らばる、
たった一度の符合、わたしと、
現象だけを現像液にひたせば、
それでお仕舞というわけだ。
ワインをすこしだけ飲む。
わたしはもう子どもではないので、
美、
愛、
真実、
信念、

平和、
任務、
態度、
へへへ、使えないことばなんて何んにもない。
迷信でも伝説でもなく、
砂は積みあげられてゆく。
巻尺も磁石盤も必要ではなかった。
世界は自転しているだけだ、
わたしの副意識が犯人ではないよ。
たえまない波によって舞台は飼育される。
波打際の歴史、
緑色の架空、
青いボールペン、
力学。
泳法は特に指定しない。
サランラップを使用すれば、波は立たない。
コンピュータを導入するかどうか、を会議する。

安全の保障はされていない。
向こう岸はアメリカなんかじゃなく、
ターン・ダ・テーブル。
腰をおろして、
レモンを聞きながら、
レコードをかじる。
波、未遂。
波、破産。
来やしない遊び友達を待ちながら、
人差指で瞑想する。
透明海岸パロディ版を演じようとすればするほど、
透明海岸の存在は確証されるのだから、
用意されている白紙に、
世界ではじめての地図を想像して、
〈透明海岸〉と書き込む。
逃げ切る。
逃げ切れない。

青空から吊輪が吊るされていて、
誕生日に買ってもらった地球儀が首吊りしている。
血が滴るうえを、
しっかりと固定されているテレビカメラ。
歌謡番組を実況している。
水着姿の、
わたし。
いまでもピーターを本気で男だとおもっているやつがいる、
ばかなやつらだ。
波の糸くず、
白いシーツの海底、
寝ころびながら、
わたしは住所録をめくってゆく。
白いスピッツを飼っているひとの住所のうえに×印をつけてゆく、
ローソクの火をふっと吹き消す、
戸外の音を聞く、
暗闇の中をトイレにゆく、

足音を立てずに、
トイレのドアを開けると、
スピッツが入っている、
というのは嘘だ。
スピッツを一匹、
一匹、かぞえてゆけば、
また夢を見る。
体内の宇宙生命は離魂症だから、いま、
とび跳ねてみてもいい、
暗闇の中で、懐中電灯を横に向けて照らす、
光は赤い。
透明海岸にひとりで立っていると、
現像液が泡立ち、
わたしは砂のうえに残像されてゆく。
わたしは日焼けしないのだから、
わたしも、わたしの目玉も、
たつ巻きの中に立ちあがり、

宇宙という名の付属品をつけて歩く、
足音にものごいしながら、
愛しあいたいわけだ。
やせた観念を精液とまぶして、
くさる、
見つめる必要もないのに太陽まぶしい。
いい、とてもいい、
砂をさらう、
髪、シャンプー、髪、白砂、
あのひとの劇中劇欲しいか、
性欲がこんなとき欲しい、
苦労したからね。
朝起きたら、歯をみがく、
波のうしろで、浮きながら、
紫色の匂いのする遺書が、かじかみふるえる、
歯をみがいて走る、
指先が紫色に変わるまでしめつけられる、

冬だ。
サランラップにくるまる、
ままごとをしているのか、
まごつきながら、
こうやって、描かれてゆく、操られながら、
フランス人形の人差指、握って、
人差指で何を刺したいか、
淋しいだけではないのだから、
来るんじゃない、誰も、あんたも、
透明コップの中の海、
捜しものは何かありますか、
捜したい。

遠泳

公園のブランコはひとりで揺れている
青い鳥が犯された

遮断機が降りたまま
踏切の向こう側で
あなたは幼くなっていく
待つなんてできない、たぶん

鏡がわたしの真似をしない
瞬間があってね
わたしがあなたになるときなんだ

鉄砲かついだ詩人が
ずどん！

あなたはまぶたを
閉じていたか

あなたのメガネのレンズは
真っ白だった
涙の塩
どんなに涙を流せば
こんなに白くなるのだろう

み

すべてのものはゼロで割ると無限大になる
焼酎のゼロ割りでも注文しようか

どうして遠くのものは小さく見え
どうして近くのものは大きく見えるのか

振り向くまえの背後は
無限大だろうか

幽霊たちの影たちと
一周遅れの長距離ランナーたちと
夢からさめると若くなかった少年がひとりと

夢からさめると
銀河は机の上にしかなかった

だれかは出発し
だれかは到着した
だれかは乗り換えた

明けない夜だってあるさ
溶けないチョコレートだってある
だけどチョコレートの闇は明けないんだ
だれとも他人なのだし
ひとりにしか感じないものなんてなく
夜は太陽をのみ込んだ

み

一九七五年十二月三日、あなたは跳躍した

大人用紙おむつを至急スーパーマーケットで
それを包んで捨てる古新聞紙をとりにアパートまで
洗面器とバケツとタオルはお風呂場
部屋にある原稿、雑誌、手紙類は焼き捨てて
それから田舎に電話して。困っている、と

それから仰向けのままジュースが飲める曲がるストローを。

キャン・ユー・ロール・ハー
アイ・キャント・ホールド・ハー

Rh＋AB型保存血液七五〇ミリリットル、ブドウ糖五〇〇ミリリットル、果糖五〇〇ミリリットル、リンゲル液二五〇ミリリットル、鎮痛用麻酔注射六本、精神安定剤セルシンとバランスを一週間おきに交替して毎食後三〇分、消化促進のための胃腸薬毎食後三〇分、便秘予防のための下剤就寝まえ、新ブロバリン時に応じて、ヨーグルト一本、牛乳一本、鶏卵一個、ほうじ茶飲みたいだけ。

きのうとあしたをたして二で割れない
はじめてのきょうは存在した

振り向くことも
思い出したことも
裏切りも

憎しみもなく
あなたが呼びつづける音楽は
二匹のうさぎの子守唄になった

生まれつき片耳の白うさぎと
片耳がとれた白うさぎと

残されたのは
誕生未遂の白うさぎ

あなたが光と思っていたものは
光だったかもしれない

あなたが風と思っていたものは
風だったかもしれない

あなたが波と思っていたものは
波だったかもしれない

あなたが音と思っていたものは
音だったかもしれない

あなたが時と思っていたものは
時だったかもしれない

青い砂
青い雲
青い崖
青い船
青い汽笛
青い貝殻
青い足跡
青い陽光

青い穴
青い匂い
もちろん砂も、雲も、崖も、船も、汽笛も、貝殻も、足跡も、陽光も、穴も、匂いも
水溶性である

透明海岸

もちろん
蝶も
トンボも
タンポポの種子も

もちろん
鳥も
飛んでいる

鳥の島

机の上の銀河に
チョコレートのかけらが浮かんでいる
あなたの歯形が残ったままだ
三十七年になるかな

もう死にたいわけじゃなく
もう忘れたいわけじゃなく

遠泳
透明海岸から鳥の島まで

あとがき

この詩集の中で、どうしても詩になれなかった三つの日付があります。ひとつは一九六二年五月二日、わたしの幼年時代をいちばん長く一緒だった、じっちゃん（祖父）が死んだ日。ひとつは二〇一一年三月十一日、東日本大震災の日。もうひとつは東京に住んでいた頃、一九七五年十二月三日。いつも一緒だった恋人が、わたしのアパートの四階の屋上から飛び降りた日。詩を書く少女でした。全身骨折し、運よく、未遂に終わりました。「人生」などという言語を使って許されるなら、この三つの日付は、わたしの人生にとっては、日付変更線といえるものかもしれません。

この日付たちの共通点といえば、このあとしばらく、わたしは自分のことばを見失った、ということでしょうか。とくに、三十七年まえに始まった言語失調は、長いものでした。

詩とは言葉の寺と書きます
このあとがきは火葬できずに残された三つの日付を
詩のなかに葬る儀式です

自分の影を追いかけて行くと
たどり着く場所はいつもひとつだ

それはあなたの影がある場所
あなたはそこになく

そこにあるのは
ふたつの影とわたしの観念

どうしてあなたは
自分の影を追いかけることをやめたのか

結論はたぶんこういうことだ
存在しなくなったという事実こそが
あなたとわたしにとって実存なのだ

見返し絵
真っ黒な青空が広がっていた。
いがらしみきお

表紙・カバー絵
上半分の夕日と下半分の赤ワイン
金魚鉢のなかの水平線
柏木美奈子

表紙・カバー写真CG
星川律子

編集
髙木真史

装幀
柏木美奈子

著
秋亜綺羅
（あき・あきら）

略歴
一九五一年生　宮城県仙台市在住
詩集『海！ひっくり返れ！おきあがりこぼし！』（一九七一年）
個人誌「季刊ココア共和国」（あきは書館）

透明海岸《とうめいかいがん》から鳥《とり》の島《しま》まで

著者
秋亜綺羅

発行者
小田久郎

発行所
株式会社思潮社
〒一六二―〇八四二　東京都新宿区市谷砂土原町三―十五
電話〇三（三二六七）八一五三（営業）・八一四一（編集）
FAX〇三（三二六七）八一四二

印刷所
三報社印刷株式会社

製本所
誠製本株式会社

発行日
二〇一二年八月三十一日